紅樓夢第九十六回

瞞消息鳳姐設奇謀　洩機關顰兒迷本性

話說賈璉拿了那塊假玉忿忿走出到了書房那個人看見賈璉的氣色不好心裡先發了虛了連忙站起來迎着剛要說話只見賈璉冷笑道好大膽我把你這個混賬東西這裡是什麼地方兒你敢來掉鬼回頭便問小厮們呢外頭轟雷一般幾個小厮齊聲答應賈璉道取繩子去綑起他來等老爺回來回明了把他送到衙門裡去衆小厮又一齊答應預備著呢嘴裡雖如此却不動身那人先自唬的手足無措見這般勢派知道難逃公道只得跪下給賈璉碰頭口口聲聲只叫老太爺別生氣

是我一時窮極無奈纔想出這個沒臉的營生來那玉是我借錢做的我也不敢要了只得孝敬府裡的哥兒頑罷說畢又連連磕頭賈璉啐道你這個不知死活的東西這府裡希罕你的那扔不了的浪東西正鬧着只見賴大進來陪着笑向賈璉道二爺別生氣了靠他算個什麼東西饒了他叫他滾出去罷賈璉道實在可惡賴大賈璉作好作歹衆人在外頭都說道糊塗狗攮的還不給爺和賴大爺磕頭呢快快的滾罷還等窩心脚呢那人趕忙磕了兩個頭抱頭鼠竄而去從此街上鬧動了賈寶玉弄出假寶玉來且說賈政那日拜客回來衆人因爲燈節底下恐怕賈政生氣已過去的事了便也都不肯回只因元妃

的事忙碌了好些時近日寶玉又病着雖有舊例家宴大家無興也無有可記知事到了正月十七日王夫人正盼王子騰來京只見鳳姐進來回說今日二爺在外聽得有人傳說我們家大老爺赶着進京離城只二百多里地在路上沒了太太聽見了沒有王夫人吃驚道我沒有聽見老爺昨晚也沒有說起到底在那裡聽見的鳳姐道說是在樞密張老爺家聽見的王夫人怔了半天那眼淚早流下來了因拭淚說道回來再叫璉兒索性打聽明白了來告訴我鳳姐答應去了王夫人不免暗裡落淚悲女哭弟又爲寶玉躭憂如此連三接二都是不隨意的事那裡擱得住便有些心口疼痛起來又加賈璉打聽明白了

來說道舅太爺是赶路勞乏偶然感冒風寒到了十里屯地方延醫調治無奈這個地方沒有名醫誤用了藥一劑就死了但不知家眷可到了那裡沒有王夫人聽了一陣心酸便心口疼得坐不住叫彩雲等扶了上炕還扎掙著叫賈璉去回了賈政卽速收拾行裝迎到那裡帮著料理完畢卽刻回來告訴我們好叫你媳婦兒放心賈璉不敢違拗只得辭了賈政起身賈政早已知道心裡很不受用又知寶玉失玉已後神志惛憒醫藥無效又値王夫人心疼那年正值京察工部將賈政保列一等二月吏部帶領引見皇上念賈政勤儉謹慎卽放了江西糧道卽日謝恩已奏明起程日期雖有衆親朋賀喜賈政也無心應

酬只念家中人口不寧又不敢耽延在家正再無計可施只聽見賈母那邊叫請老爺賈政即忙進去看見王夫人帶着病也在那裡便向賈母請了安賈母叫他坐下便說你不日就要赴任我有多少話與你說不知你聽不聽說着掉下淚來賈政忙站起來說道老太太有話只管吩咐兒子怎敢不遵命呢賈母咽哽著說道我今年八十一歲的人了你又要做外任去偏有你大哥在家你又不能告親老你這一去了我所疼的只有寶玉偏偏的又病得糊塗還不知道怎麼樣呢我昨日叫賴升媳婦出去叫人給寶玉算算命這先生算得好靈說要娶了金命的人幫扶他必要冲冲喜纔好不然只怕保不住我知道你不信那些話所以教你來商量你的媳婦也在這裡你們兩個也商量商量還是要寶玉好呢還是隨他去呢賈政陪笑說道老太太當初疼兒子這麼疼的難道做兒子的就不疼自己的兒子不成麼只為寶玉不上進所以時常恨他也不過是恨鐵不成剛的意思老太太既要給他成家這也是該當的豈有逆著老太太不疼他的理如今寶玉病着兒子也是不放心因老太太不叫他見我所以兒子也不敢言語我到底瞧瞧寶玉是個什麼病王夫人見賈政說着也有些眼圈兒紅知道心裡是疼的便叫襲人扶了寶玉來寶玉見了他父親襲人叫他請安他便請了個安賈政見他臉面很瘦目光無神大有瘋傻之狀便

呼人告了進去便想到自已也是望六的人了如今又放外任不知道幾年囬來倘或這孩子果然不好一則年老無嗣雖說有孫子到底隔了一層二則老太太最疼的是寶玉若有差錯可不是我的罪名更重了瞧瞧王夫人一包眼淚又想到他身上復站起來說老太太這麼大年紀想法兒疼孫子做兒子的還敢違拗老太太主意該怎麼便怎麼就是了但只姨太太那邊不知說明白了沒有王夫人便道姨太太是早應了的只為蟠兒的事沒有結案所以這些時總沒題起賈政又道這就是第一層的難處他哥哥在監裡妹子怎麼出嫁況且貴妃的事雖不禁婚嫁寶玉應照已出嫁的姐姐有九個月的功服此時

也難娶親再者我的起身日期已經奏明不敢躭擱這幾天怎麼辦呢賈母想了一想說的果然不錯若是等這幾件事過去他父親又走了倘或這病一天重似一天怎麼好只可越些禮辦了纔好想定主意便說道你若給他辦呢我自然有個道理包管都礙不着姨太太那邊我和你媳婦親自過去求他蟠兒那裡我央蝌兒去告訴他說是要救寶玉的命諸事將就自然應的若說服裡娶親當真使不得況且寶玉病着也不可叫他成親不過是沖沖喜我們兩家願意孩子們又有金玉的道理婚是不用合的了即挑了好日子按着偺們家分兒過了禮趁着挑個娶親日子一概鼓樂不用倒按宮裡的樣子用十二對

提燈一乘八人轎子擡了來照南邊規矩拜了堂一樣坐床撒帳可不是算娶了親了麼寶丫頭心地明白是不用慮的內中又有襲人也還是個妥當的孩子再有個明白人常勸他更好他又和寶丫頭合的來再者姨太太曾說寶丫頭的金鎖也有個和尚說過只等有玉的便是婚姻焉知寶丫頭過來不因金鎖倒招出他那塊玉來也定不得從此一天好似一天豈不是大家的造化這會子只要立刻收拾屋子鋪排起來這屋子是要你派的一槩親友不請也不排筵席待寶玉好了過了功服然後再擺席請人這麼着都赶的上你也看見了他們小兩口兒的事也好放心着去賈政聽了原不願意只是賈母做主不敢違命勉強陪笑說道老太太想得極是也狠妥當只是要吩咐家下衆人不許吵嚷得裡外皆知這要躭不是的姨太太那邊只怕不肯若是果真應了也只好按着老太太的主意辦去賈母道姨太太那裡有我呢你去罷賈政答應出來心中好不自在因赴任事多部裡領憑親友們薦人種種應酬不絕竟把寶玉的事聽憑賈母交與王夫人鳳姐兒了惟將榮禧堂後身王夫人內屋旁邊一大跨所二十餘間房屋指與寶玉餘者一槩不管賈母定了主意叫人告訴他去賈政只說狠好此是後話且說寶玉見過賈政襲人扶回裡間炕上因賈政在外無人敢與寶玉說話寶玉便昏昏沉沉的睡去賈母與賈政所

說的話寶玉一句也沒有聽見襲人等却靜靜兒的聽得明白頭裡雖也聽得些風聲到底影响只不見寶釵過來却也有些信真今日聽了這些話心裡方纔水落歸漕倒也喜歡心裡想道果然上頭的眼力不錯這纔配的是我也造化若他來了我可以卸了好些擔子但是這一位的心裡只有一個林姑娘幸虧他沒有聽見若知道了又不知要鬧到什麼分兒了襲人想到這裡轉喜爲悲心想這件事怎麼好老太太太太那裡知道他們心裡的事一時高興說給他知道原想要他病好若是他還像頭裡的心初見林姑娘便要摔玉砸玉况且那年夏天在園裡把我當作林姑娘說了好些私心話後來因爲紫鵑說了句頑話兒便哭得死去活來若是如今和他說要娶寶姑娘竟

把林姑娘擱開除非是他人事不知還可倘或明白些只怕不但不能冲喜竟是催命了我再不把話說明那不是一害三個人了麼襲人想定主意待等賈政出去叫秋紋照看着寶玉便從裡間出來走到王夫人身傍悄悄的請了王夫人到賈母後身屋裡去說話賈母只道是寶玉有話也不理會還在那裡打筭怎麼過禮怎麼娶親那襲人同了王夫人到了後間便跪下哭了王夫人不知何意把手拉着他說好端端的這是怎麼說有什麼委屈起來說襲人道這話奴才是不該說的這會子因爲沒有法兒了王夫人道你慢慢的說襲人道寶玉的親事老

太太太太已定了寶姑娘了自然是極好的一件事只是奴才
想着太太看去寶玉和寶姑娘好還是和林姑娘好呢王夫人
道他兩個因從小兒在一處所以寶玉和林姑娘又好些襲人
道不是好些便將寶玉素與黛玉這些光景一一的說了還說
這些事都是太太親眼見的獨是夏天的話我從沒敢和別人
說王夫人拉着襲人道我看外面兒已瞧出幾分來了你今兒
一說更加是了但是剛纔老爺說的話想必都聽見了你看他
的神情兒怎麼樣襲人道如今寶玉若有人和他說話他就笑
沒人和他說話他就睡所以頭裡的話這却都沒聽見王夫人
道倒是這件事叫人怎麼樣呢襲人道奴才說是說了還得太

太告訴老太太想個萬全的主意纔好王夫人便道既這麼着
你去幹你的這時候滿屋子的人暫且不用提起等我瞅空兒
回明老太太再作道理說着仍到賈母跟前賈母正在那裡和
鳳姐兒商議見王夫人進來便問道襲人丫頭說什麼這麼鬼
鬼祟祟的王夫人趁問便將寶玉的心事細細回明賈母賈母
聽了半日沒言語王夫人和鳳姐也都不再說了只見賈母歎
道別的事都好說林丫頭倒沒有什麼若寶玉真是這樣這可
叫人作了難了只見鳳姐想了一想因說道難倒不難只是我
想了個主意不知姑媽肯不肯王夫人道你有主意只管說給
老太太聽大家娘兒們商量着辦罷了鳳姐道依我想這件事

必言鳳姐勸慰了一番請太太略歇一歇晚上來再商量寶玉的事罷說畢同了賈璉回到自巳房中告訴了賈璉叫他派人收拾新房不題一日黛玉早飯後帶着紫鵑到賈母這邊來一則請安二則也爲自巳散散悶出了瀟湘館走了幾步忽然想起忘了手絹子來因叫紫鵑回去取來自巳却慢慢的走着等他剛走到沁芳橋那邊山石背後當日同寶玉葬花之處忽聽一個人嗚嗚咽咽在那裡哭黛玉煞住脚聽時又聽不出是誰的聲音也聽不出哭的叨叨的是些什麽話心裡甚是疑惑便慢慢的走去及到了跟前却見一個濃眉大眼的丫頭在那裡哭呢黛玉未見他時還只疑府裡這些大丫頭有什麽說不出的心事所以來這裡發洩發洩及至見了這個丫頭却又好笑因想到這種蠢貨有什麽情種自然是那屋裡作粗活的丫頭受了大女孩子的氣了細瞧了一瞧却不認得那丫頭見黛玉來了便也不敢再哭站起來拭眼淚黛玉問道你好好的爲什麽在這裡傷心那丫頭聽了這話又流淚道林姑娘你評評這個理他們說話我又不知道我就說錯了一句話我姐姐也不犯就打我呀黛玉聽了不懂他說的是什麽因笑問道你姐姐是那一個那丫頭道就是珍珠姐姐黛玉聽了纔知他是賈母屋裡的因又問你叫什麽那丫頭道我叫傻大姐兒黛玉笑了一笑又問你姐姐爲什麽打你你說錯了什麽話了那丫頭道

爲什麼呢就是爲我們寶二爺娶寶姑娘的事情黛玉聽了這句話如同一個疾雷心頭亂跳略定了定神便叫這丫頭你跟了我這裡來那丫頭跟着黛玉到那畸角兒上葬桃花的去處那裡背靜黛玉因問道寶二爺娶寶姑娘他爲什麼打你呢傻大姐道我們老太太和太太二奶奶商量了因爲我們老爺要起身說就赶着往姨太太商量把寶姑娘娶過來罷頭一宗給寶二爺冲什麼喜第二宗說到這裡又瞅着黛玉笑了一笑纔說道赶着辦了還要給林姑娘說婆婆家呢黛玉已經聽呆了這丫頭只管說道我又不知道他們怎麼商量的不叫人吵嚷怕寶姑娘聽見害臊我白和寶二爺屋裡的襲人姐姐說了一

句偺們明兒更熱鬧了又是寶姑娘又是寶二奶奶這可怎麼叫呢林姑娘你說我這話害著珍珠姐姐什麼了嗎他走過來就打了我一個嘴巴說我混說不遵上頭的話要攆出我去我知道上頭爲什麼不叫言語呢你們又沒告訴我就打我說着又哭起來那黛玉此時心裡竟是油兒醬兒糖兒醋兒倒在一處的一般甜苦酸鹹竟說不上什麼味兒來了停了一會兒顫巍巍的說道你別混說了你再混說叫人聽見又要打你了你去罷說着自己轉身要回瀟湘館去那身子竟有千百斤重的兩隻脚却像踩着綿花一般早已軟了只得一步一步慢慢的走將來走了半天還沒到沁芳橋畔原來脚下軟了走的慢且

又迷迷痴痴信着脚兒從那邊繞過來更添了兩箭地的路這
時剛到沁芳橋畔却又不知不覺的順着堤往回裡走起來紫
鵑取了絹子來不見黛玉正在那裡看時只見黛玉顏色雪白
身子恍恍蕩蕩的眼睛也直直的在那裡東轉西轉又見一個
丫頭往前頭走了離的遠也看不出是那一個來心中驚疑不
定只得赶過來輕輕的問道姑娘怎麽又回去是要往那裡去
黛玉也只模糊聽見隨口應道我問問寶玉去紫鵑聽了摸不
着頭腦只得攙着他到賈母這邊來黛玉走到賈母門口心裡
似覺明晰回頭看見紫鵑攙着自已便站住了問道你作什麽
來的紫鵑陪笑道我找了絹子來了頭裡見姑娘在橋那邊呢

我赶着過去問姑娘姑娘没理會黛玉笑道我打量你來瞧寶
二爺來了呢不然怎麽往這裡走呢紫鵑見他心裡迷惑便知
黛玉必是聽見那丫頭什麽話來惟有點頭微笑而已只是心
裡怕他見了寶玉那一個已經是瘋瘋傻傻這一個又這樣恍
恍惚惚一時說出些不大體統的話來那時如何是好心裡雖
如此想却也不敢違拗只得攙他進去那黛玉却又奇怪這時
不是先前那樣軟了也不用紫鵑打簾子自已掀起簾子進來
却是寂然無聲因賈母在屋裡歇中覺丫頭們也有脫滑兒頑
去的也有打盹的也有在那裡伺候老太太的倒是襲人聽見
簾子响從屋裡出來一看見是黛玉便讓道姑娘屋裡坐罷黛

玉笑着道寶二爺在家麽襲人不知底裡剛要答言只見紫鵑在黛玉身後和他努嘴兒指着黛玉又搖搖手兒襲人不解何意也不敢言語黛玉却也不理會自已走進房來看見寶玉在那裡坐着也不起來讓坐只瞅著嘻嘻的傻笑黛玉自已坐下却也瞅着寶玉笑兩個人也不問好也不說話也無推讓只管對着臉傻笑起來襲人看見這番光景心裡大不得主意只是沒法兒忽然聽着黛玉說道寶玉你爲什麽病了寶玉笑道我爲林姑娘病了襲人紫鵑兩個嚇得面目改色連忙用言語來岔兩個却又不答言仍舊傻笑起來襲人見了這樣知道黛玉此時心中迷惑和寶玉一樣因悄和紫鵑說道姑娘纔好了我

叫秋紋妹妹同着你攙回姑娘歇歇去罷因回頭向秋紋道你和紫鵑姐姐送林姑娘去罷你可別混說話秋紋笑着也不言語便來同着紫鵑攙起黛玉那黛玉也就站起來瞅着寶玉只管笑只管點頭兒紫鵑又催道姑娘回家去歇歇罷黛玉道可不是我這就是回去的時候兒了說着便回身笑着出來了仍舊不用丫頭們攙扶自已却走得比往常飛快紫鵑秋紋後面赶忙跟着走黛玉出了賈母院門只管一直走去紫鵑連忙攙住叫道姑娘往這麽來黛玉仍是笑着隨了往瀟湘館來離門口不遠紫鵑道阿彌陀佛可到了家了只這一句話沒說完只見黛玉身子往前一栽哇的一聲一口血直吐出來未知性命

如何且聽下回分解

紅樓夢第九十六回終

血色神氣昏沉氣息微細半日又咳嗽了一陣丫頭遞了痰盂
吐出都是痰中帶血的大家都慌了只見黛玉微微睜眼看見
賈母在他旁邊便喘吁吁的說道老太太你白疼了我了賈母
一聞此言十分難受便道好孩子你養著罷不怕的黛玉微微
一笑把眼又閉上了外面丫頭進來回鳳姐道大夫來了于是
大家畧避王大夫同着賈璉進來胗了脉說道尚不妨事這是
鬱氣傷肝肝不藏血所以神氣不定如今要用歛陰止血的藥
方可望好王大夫說完同着賈璉出去開方取藥去了賈母看
黛玉神氣不好便出來告訴鳳姐等道我看這孩子的病不是
我咒他只怕難好他們也該替他預備預備冲一冲或者好了

豈不是大家省心就是怎麼樣也不至臨時忙亂偺們家裡這
兩天正有事呢鳳姐兒答應了賈母又問了紫鵑一回到底不
知是那個說的賈母心裡只是納悶因說孩子們從小兒在一
處兒頑好些是有的如今大了懂的人事就該要分別些纔是
做女孩兒的本分我纔心裡疼他若是他心裡有別的想頭成
了什麽人了呢我可是白疼了他了你們說了我有些不放
心因回到房中又叫襲人來問襲人仍將前日回王夫人的話
並方纔黛玉的光景述了一遍賈母道我方纔看他却還不至
糊塗這個理我就不明白了偺們這種人家別的事自然沒有
的這心病也是斷斷有不得的林丫頭若不是這個病呢我憑

着花多少錢都使得就是這個病不但治不好我也沒心腸了鳳姐道林妹妹的事老太太倒不必張邏橫豎有他二哥哥天天同着大夫瞧倒是姑媽那邊的事要緊今兒早起聽見說房子不差什麽就妥當了竟是老太太太太到姑媽那邊去我也跟了去商量商量就只一件姑媽家裡有寶妹妹在那裡難以說話不如索性請姑媽晚上過來偺們一夜都說結了就好辦了賈母王夫人都道你說的是今兒晚了明兒飯後偺們娘兒們就過去說著賈母用了晚飯鳳姐同王夫人各自歸房不提且說次日鳳姐吃了早飯過來便要試試寶玉走進屋裡說道寶兄弟大喜老爺已擇了吉日要給你娶親了你喜歡不喜歡

寶玉聽了只管瞅着鳳姐笑微微的點點頭兒鳳姐笑道給你娶林妹妹過來好不好寶玉却大笑起來鳳姐看着也斷不透他是明白是糊塗因又問道老爺說你好了就給你娶林妹妹呢若還是這麽傻就不給你娶了寶玉忽然正色道我不傻你纔傻呢說着便站起來說我去瞧瞧林妹妹叫他放心鳳姐忙扶住了說林妹妹早知道了他如今要做新媳婦了自然害羞不肯見你的寶玉道娶過來他到底是見我不見鳳姐又好笑又著忙心想襲人的話不差提到林妹妹雖說仍舊說些瘋話却覺得明白些若真明白了將來不是林姑娘打破了這個燈虎兒那饑荒纔難打呢便忍笑說道你好好兒的便見你若

是瘋瘋顛顛的他就不見你了寶玉說道我有一個心前兒已交給林妹妹了他要過来橫豎給我帶來還放在我肚子裡頭鳳姐聽着竟是瘋話便出來看着賈母笑賈母聽了又是笑又是疼說道我早聽見了如今且不用理他叫襲人好好的安慰他們走罷說着王夫人也來大家到了薛姨媽那裡只說惦記着這邊的事來瞧瞧薛姨媽感激不盡說些薛蟠的話喝了茶薛姨媽要叫人告訴寶釵鳳姐連忙攔住說姑媽不必告訴寶妹妹又向薛姨媽陪笑說道老太太此来一則爲瞧姑媽二則也有何要緊的話特請姑媽到那邊商議薛姨媽聽了點點頭兒說是了也是大家又說些閒話便回來了今晚薛姨媽果然過來見過了賈母到王夫人屋裡來不免說起王子騰來大家落了一回淚薛姨媽便問道剛纔我到老太太那裡寶哥兒出來請安還好好兒的不過略瘦些怎麼你們說得狠利害鳳姐便道其實也不怎麽這只是老太太懸心目今老爺又要起身外任去不知幾年纔來老太太的意思頭一件叫老爺看著寶兄弟成了家也放心二則也給寶兄弟冲冲喜借大妹妹的金鎖壓壓邪氣只怕就好了薛姨媽心裡也愿意只慮着寶釵委屈說道也使得只是大家還要從長計較計較纔好王夫人便按着鳳姐的話和薛姨媽說只說姨太太這會子家裡沒人不如把粧奩一槪蠲免明日就打發蝌兒告訴蟠兒一面這裡

過門一面給他變法兒撕擄官事並不提寶玉的心事又說姨太太既作了親娶過來早好一天大家早放一天心正說着只見賈母差鴛鴦過來候信薛姨媽雖恐寶釵委屈然也沒法兒又見這般光景只得滿口應承鴛鴦回去回了賈母賈母也甚喜歡又叫鴛鴦過來求薛姨媽和寶釵說明原故不叫他受委屈薛姨媽也答應了便議定鳳姐夫婦作媒人大家散了王夫人姊妹不免又叙了半夜的話兒次日薛姨媽回家將這邊的話細細的告訴了寶釵還說我已經應承了寶釵始則低頭不語後來便自垂淚薛姨媽用好言勸慰解釋了好些話寶釵自回房內寶琴隨去解悶薛姨媽又告訴了薛蝌叫他明日起身

一則打聽審詳的事一則告訴你哥哥一個信兒你即便回來薛蝌去了四日便回來回覆薛姨媽道哥哥的事上司已經准了誤殺一過堂就要題本了叫咱們預備贖罪的銀子妹妹的事說媽媽做主很好的趕着辦又省了好些銀子叫媽媽不用等我該怎麼着就怎麼辦罷薛姨媽聽了一則薛蟠可以回家二則完了寶釵的事心裏安頓了好些便是看着寶釵心裏好像不愿意似的雖是這樣他是女兒家素來也孝順守禮的人知我應了他也沒得說的便叫薛蝌辦泥金庚帖填上八字即叫人送到璉二爺那邊去還問了過禮的日子來你好預備本來咱們不驚動親友哥哥的朋友是你說的都是混賬人親戚

叫就是賈王兩家如今賈家是男家王家無人在京裡史姑娘放定的事他家沒有來請咱們咱們也不用通知倒是把張德輝請了來托他照料些他上幾歲年紀的人到底懂事薛蝌領命叫人送帖過去次日賈璉過來見了薛姨媽請了安便說明日就是上好的日子今日過來回姨太太就是明日過禮罷只求姨太太不要挑飭就是了說着捧過通書來薛姨媽也謙遜了幾句點頭應允賈璉赶着回去回明賈政賈政便道你回老太太說既不叫親友們知道諸事寧可簡便些若是東西上請老太太瞧了就是了不必告訴我賈璉答應進內將話回明賈母這裡王夫人叫了鳳姐命人將過禮的物件都送與賈母過

日幷叫襲人告訴寶玉那寶玉又嘻嘻的笑道這裡送到園裡回來園裡又送到這裡咱們的人送咱們的人收何苦來呢賈母王夫人聽了都喜歡道說他糊塗他今日怎麼這麼明白呢鴛鴦等忍不住好笑只得上來一件一件的點明給賈母瞧說這是金項圈這是金珠首飾共八十件這是粧蟒四十疋這是各色紬緞一百二十疋這是四季的衣服共一百二十件外面也沒有預備羊酒這是折羊酒的銀子賈母看了都說好輕輕的與鳳姐說道你去告訴姨太太說不是虛禮求姨太太等蟠兒出來慢慢的叫人給他妹妹做來就是了那好日子的被褥還是咱們這裡代辦了罷鳳姐答應出來叫賈璉先過去又叫

周瑞旺兒等吩咐他們不必走大門只從園裡從前開的便門
內送去我也就過去這門離瀟湘館還遠倘別處的人見了囑
咐他們不用在瀟湘館裡提起衆人答應着送禮而去寶玉認
以爲眞心裡大樂精神便覺的好些只是語言總有些瘋傻那
過禮的回來都不提名說姓因此上下人等雖都知道只因鳳
姐吩咐都不敢走漏風聲且說黛玉雖然服藥這病日重一日
紫鵑等在旁苦勸說道事情到了這個分兒不得不說了姑娘
的心事我們也都知道至於意外之事是再沒有的姑娘不信
只拿寶玉的身子說起這樣大病怎麼做得親呢姑娘別聽瞎
話自己安心保重纔好黛玉微笑一笑也不答言又咳嗽數聲

吐出好些血來紫鵑等看去只有一息奄奄明知勸不過來惟
有守着流淚天天三四趟去告訴賈母鴛鴦測度賈母近日比
前疼黛玉的心差了些所以不常去回況賈母這幾日的心都
在寶釵寶玉身上不見黛玉的信兒也不大提起只請太醫調
治罷了黛玉向來病着自賈母起直到姊妹們的下人常來問
候今見賈府中上下人等都不過來連一個問的人都沒有睜
開眼只有紫鵑一人自料萬無生理因扎挣着向紫鵑說道妹
妹你是我最知心的雖是老太太派你伏侍我這几年我拿你
就當作我的親妹妹說到這裡氣又接不上來紫鵑聽了一陣
心酸早哭得說不出話來遲了半日黛玉又一面喘一面說道

紫鵑妹妹我躺着不受用你扶起我來靠着坐坐纔好紫鵑道姑娘的身上不大好起來又要抖摟着了黛玉聽了閉上眼不言語了一時又要起來紫鵑没法只得同雪雁把他扶起兩邊用軟枕靠住自己却倚在旁邊黛玉那裡坐得住下身自覺硌的疼狠命的掌着叫過雪雁來道我的詩本子說着又喘雪雁料是要他前日所理的詩稿因找來送到黛玉跟前黛玉點點頭兒又擡眼看那箱子雪雁不解只是發怔黛玉氣的兩眼直瞪又咳嗽起來又吐了一口血雪雁連忙回身取了水來黛玉嗽了吐在盒內紫鵑用絹子給他拭了嘴黛玉便拿那絹子指着箱子又喘成一處說不上來閉了眼紫鵑道姑娘歪歪兒罷黛玉又搖搖頭兒紫鵑料是要絹子便叫雪雁開箱拿出一塊白綾絹子來黛玉瞧了撂在一邊使勁說道有字的紫鵑這纔明白過來要那塊題詩的舊帕只得叫雪雁拿出來遞給黛玉紫鵑勸道姑娘歇歇兒罷何苦又勞神等好了再瞧罷只見黛玉接到手裡也不瞧扎挣着伸出那隻手來狠命的撕那絹子却是只有打顫的分兒那裡撕得動紫鵑早已知他是恨寶玉却也不敢說破只說姑娘何苦自己又生氣黛玉微微的點頭便掖在袖裡說叫點燈雪雁答應連忙點上燈來黛玉瞧瞧又閉上眼坐着喘了一會子又道籠上火盆紫鵑打諒他冷因說道姑娘躺下多蓋一件罷那炭氣只怕耽不住黛玉又搖頭兒

雪雁只得籠上擱在地下火盆架上黛玉點頭意思叫挪到炕上來雪雁只得端上來出去拿那張火盆炕桌那黛玉却又把身子欠起紫鵑只得兩隻手來扶着他黛玉這纔將方纔的絹子拿在手中瞅着那火點點頭兒往上一撂紫鵑唬了一跳欲要搶時兩隻手却不敢動雪雁又出去拿火盆桌子此時那絹子已經燒着了紫鵑勸道姑娘這是怎麽說呢黛玉只作不聞回手又把那詩稿拿起來瞧了瞧又撂下了紫鵑怕他也要燒連忙將身倚住黛玉騰出手來拿時黛玉又早拾起撂在火上此時紫鵑却夠不着乾急雪雁正拿進桌子來看見黛玉一撂不知何物趕忙搶時那紙沾火就着如何能夠少待早已烘烘

的着了雪雁也顧不得燒手從火裡抓起來撂在地下亂踹却已燒得所餘無幾了那黛玉把眼一閉往後一仰幾乎不曾把紫鵑壓倒紫鵑連忙叫雪雁上來將黛玉扶着放倒心裡突突的亂跳欲要叫人時天又晚了欲不叫人時自已同着雪雁和鸚哥等幾個小丫頭又怕一時有什麽原故好容易熬了一夜到了次日早起覺黛玉又緩過一點兒來飯後忽然又嗽又吐又緊起來紫鵑看著不好了連忙將雪雁等都叫進來看守自已却來回賈母那知到了賈母上房靜悄悄的只有兩三個老媽媽和幾個做粗活的丫頭在那裡看屋子呢紫鵑因問道老太太呢那些人都說不知道紫鵑聽這話詫異遂到寶玉屋裡

去看竟也無人遂問屋裡的丫頭也說不知紫鵑已知八九但這些人怎麼竟這樣狠毒冷淡又想到黛玉這幾天竟連一個人問的也沒有越想越悲索性激起一腔悶氣來一扭身便出來了自已想了一想今日倒要看看寶玉是何形狀看他見了我怎麼樣過的去那一年我說了一句謊話他就急病了今日竟公然做出這件事來可知天下男子之心真真是冰寒雪冷令人切齒的一面走一面想早已來到怡紅院只見院門虛掩裡面却又寂靜的狠紫鵑忽然想到他要娶親自然是有新屋子的但不知他這新屋子在何處正在那裡徘徊瞻顧看見墨雨飛跑紫鵑便叫住他墨雨過來笑嘻嘻的道姐姐到這裡做什麼紫鵑道我聽見寶二爺娶親我要來看看熱鬧兒誰知不在這裡也不知是幾兒墨雨悄悄的道我這話只告訴姐姐你可別告訴雪雁他們上頭吩咐了連你們都不叫知道呢就是今日夜裡娶那裡是在這裡老爺派璉二爺另收拾了房子了說著又問姐姐有什麼事麼紫鵑道沒什麼事你去罷墨雨仍舊飛跑去了紫鵑自已發了一回獃忽然想起黛玉來這時候還不知是死是活因兩淚汪汪咬着牙發狠道寶玉我看他明兒死了你算是躲的過不見了你過了你那如心如意的事兒拿什麼臉來見我一面哭一面走嗚嗚咽咽的自回去了還未到瀟湘館只見兩個小丫頭在門裡往外探頭探腦的一眼看

見紫鵑那一個便嚷道那不是紫鵑姐姐來了嗎紫鵑知道不好了連忙攏手兒不叫嚷赶忙進來看時只見黛玉肝火上炎兩顴紅赤紫鵑覺得不妥叫了黛玉的奶媽王奶奶來一看他便大哭起來這紫鵑因王奶媽有些年紀可以仗個胆兒誰知竟是個沒主意的人反倒把紫鵑弄的心裡七上八下忽然想起一個人來便命小丫頭急忙去請你道是誰原來紫鵑想起李宮裁是個孀居今日寶玉結親他自然廻避況且園中諸事向係李紈料理所以打發人去請他李紈正在那裡給賈蘭改詩冒冒失失的見一個丫頭進來回說大奶奶只怕林姑娘不好了那裡都哭呢李紈聽了嚇了一大跳也不及問了連忙站

起身來便走素雲碧月跟著一頭走着一頭落淚想著姐妹在一處一塲更兼他那容貌才情真是寡二少雙惟有青女素娥可以髣髴一二竟這樣小小的年紀就作了北邙鄉女偏偏鳳姐想出一條偷梁換柱之計自己也不好過瀟湘館來竟未能少盡姊妹之情真真可憐可歎一頭想着已走到瀟湘館的門口裡面却又寂然無聲李紈倒着起忙來想來必是已死都哭過了那衣衾粧裹未知妥當了沒有連忙三步兩步走進屋子來裡間門口一個小丫頭已經看見便說大奶奶來了紫鵑忙往外走和李紈走了個對面李紈忙問怎麼樣紫鵑欲說話時惟有喉中哽咽的分兒却一字說不出那眼淚一似斷線珍珠

一般祇將一隻手叫過去指著黛玉李紈看了紫鵑這般光景更覺心酸也不再問連忙走過來看時那黛玉已不能言李紈輕輕叫了兩聲黛玉却還微微的開眼似有知識之狀但只眼皮嘴唇微有動意口內尚有出入之息却要一句話一點淚也沒有了李紈回身見紫鵑不在跟前便問雪雁雪雁道他在外頭屋裡呢李紈連忙出來只見紫鵑在外間空床上躺着顏色青黃閉了眼只管流淚那鼻涕眼淚把一個砌花錦邊的褥子已濕了碗大的一片李紈連忙喚他那紫鵑纔慢慢的睜開眼欠起身來李紈道傻了頭這是什麼時候且只顧哭你的林姑娘的衣衾還不拿出來給他換上還等多早晚呢難道他個女

孩兒家你還叫他失身露體精着來光着去嗎紫鵑聽了這句話一發止不住痛哭起來李紈一面也哭一面着急一面拭淚一面拍著紫鵑的肩膀說好孩子你把我的心都哭亂了快著收拾他的東西罷再遲一會子就了不得了正鬧著外邊一個人慌慌張張跑進來倒把李紈唬了一跳看時却是平兒跑進來看見這樣只是獃磕磕的發怔李紈道你這會子不在那邊做什麼來了說着林之孝家的也進來了平兒道奶奶不放心叫來瞧瞧既有大奶奶在這裡我們奶奶就只顧那一頭兒了李紈點點頭兒平兒道我也見見林姑娘說着一面往裡走一面早已流下淚來這裡李紈因和林之孝家的道你來的正好

快出去明明去告訴管事的預備林姑娘的後事妥當了叫他來回我不用到那邊去林之孝家的答應了還站着李紈道還有什麼話呢林之孝家的道剛纔二奶奶和老太太商量了那邊用紫鵑姑娘使喚使喚呢李紈還未答言只見紫鵑道林奶奶你先請罷等着人死了我們自然是出去的那裡用這麼說到這裡却又不好說了因又改說道況且我們在這裡守着病人身上也不潔淨林姑娘還有氣兒呢不時的叫我李紈在旁解說道當真的林姑娘和這丫頭也是前世的緣法兒倒是雪雁是他南邊帶來的他倒不理會惟有紫鵑我看他兩個一時也離不開林之孝家的頭裡聽了紫鵑的話未免不受用被李

紈這一番話却也沒有說的了又見紫鵑哭的淚人一般只好瞅着他微微的笑說道紫鵑姑娘這些閒話倒不要緊只是你却說得我可怎麼回老太太呢況且這話是告訴得二奶奶的嗎正說着平兒擦着眼淚出來道告訴二奶奶什麼事林之孝家的將方纔的話說了一遍平兒低了一回頭說這麼著罷就叫雪姑娘去罷李紈道他使得嗎平兒走到李紈耳邊說了幾何李紈點點頭兒道既是著麼着就叫雪雁過去也是一樣的林之孝家的因問平兒道雪姑娘使得嗎平兒道使得都是一樣林家的道那麼着姑娘就快叫雪姑娘跟了我去我先回了老太太和二奶奶這可是大奶奶和姑娘的主意回來姑娘再

各自回二奶奶去李紈道是了你這麽大年紀連這麽點子事還不躭呢林家的笑道不是不躭頭一宗這件事老太太和二奶奶辦事我們都不能狠明白再者又有大奶奶和平姑娘呢說着平兒已叫了雪雁出來原來雪雁因這几日黛玉嫌他小孩子家懂得什麽便也把心冷淡了況且聽是老太太和二奶奶叫也不敢不去連忙收拾了頭平兒叫他換了新鮮衣服跟着林家的去了隨後平兒又和李紈說了几句話李紈又囑咐平兒打那麽催着林家的叫他男人快辦了來平兒答應著出來轉了個灣子看見林家的帶着雪雁在前頭走呢赶忙叫住道我帶了他去罷你先告訴林大爺辦林姑娘的東西去罷奶

奶那裡我替回就是了那林家的答應着去了這裡平兒帶了雪雁到了新房子裡回明了自去辦事却說雪雁看見這個光景想起他家姑娘也未免傷心只是在賈母鳳姐跟前不敢露出因又想道也不知用我作什麽我且瞧瞧寶玉一日家和我們姑娘好的蜜裡調油這時候總不見面了也不知是真病假病只怕是怕我們姑娘惱假說丟了玉粧出傻子樣兒來叫那一位寒了心他好娶寶姑娘的意思我索性看看他看他見了我傻不傻難道今兒還粧傻麽一面想著已溜到裡間屋子門口偷偷兒的瞧這時寶玉雖因失玉昏憒但只聽見娶了黛玉爲妻真乃是從古至今天上人間第一件暢心滿意的事了那

身子頓覺健旺起來秪不過不似從前那般靈透所以鳳姐的妙計百發百中巴不得就見黛玉盼到今日完姻真樂的手舞足蹈雖有几句傻話却與病時光景大相懸絕了雪雁看了又是生氣又是傷心他那裡曉得寶玉的心事便各自走開這裡寶玉便叫襲人快快給他裝新坐在王夫人屋裡看見鳳姐尤氏忙忙碌碌再盼不到吉時只管問襲人道林妹妹打園裡來為什麼這麼費事還不來襲人忍着笑道等好時辰呢又聽見鳳姐和王夫人說道雖然有服外頭不用鼓樂咱們家的規矩要拜堂的冷淸淸的使不的我傳了家裡學過音樂管過戲的那些女人來吹打着熱鬧些王夫人點頭說使得一時大轎從

大門進來家裡細樂迎出去十二對宮燈排着進來倒也新鮮雅致儐相請了新人出轎寶玉見喜娘披着紅扶着新人幪着蓋頭下首扶新人的你道是誰原來就是雪雁寶玉看見雪雁猶想因何紫鵑不來倒是他呢又想道是了雪雁原是他南邊家裡帶來的紫鵑是我們家的自然不必帶來因此見了雪雁竟如見了黛玉的一般歡喜儐相喝禮拜了天地請出賈母受了四拜後請賈政夫婦等登堂行禮畢送入洞房還有坐帳等事俱是按本府舊例不必細說賈政原為賈母作主不敢違拗不信冲喜之說那知今日寶玉居然像個好人賈政見了倒也喜歡那新人坐了帳就要揭蓋頭的鳳姐早巳防備請了賈母

王夫人等進去照應寶玉此時到底有些傻氣便走到新人跟前說道妹妹身上好了好些天不見了蓋着這勞什子做什麽欲待要揭去反把賈母急出一身冷汗來寶玉又轉念一想道林妹妹是愛生氣的不可造次了又歇了一歇仍是按捺不住只得上前揭了蓋頭喜娘接去雪雁走開鶯兒上来伺候寶玉睁眼一看好像是寶釵心中不信自已一手持燈一手擦眼一看可不是寶釵麽只見他盛妝艷服豐肩愞體鬟低鬢嚲眼瞤息微論雅淡似荷粉露垂看嬌羞真是杏花烟潤了寶玉發了一回怔又見鶯兒立在傍邊不見了雪雁此時心無主意自已反以為是夢中了呆呆的只管站著衆人接過燈去扶着坐下

兩眼直視半語全無賈母恐他病發親自過来招呼着鳳姐尤氏請了寶釵進入裡間坐下寶釵此時自然是低頭不語寶玉定了一回神見賈母王夫人坐在那邊便輕輕的叫襲人道我是在那裡呢這不是做夢麽襲人道你今日好日子什麽夢不夢的混說老爺可在外頭呢寶玉悄悄的拿手指着道坐在那裡的這一位美人兒是誰襲人握了自已的嘴笑的說不出話來半日纔說道那是新娶的二奶奶衆人也都回過頭去忍不住的笑寶玉又道好糊塗你說二奶奶到底是誰襲人道寶姑娘寶玉道林姑娘呢襲人道老爺作主娶的是寶姑娘怎麽混說起林姑娘来寶玉道我纔剛看見林姑娘了麽還有雪雁呢

怎麽說沒有你們這都是做什麽頑呢鳳姐便走上來輕輕的說道寶姊姊在屋裡坐着呢別混說回來得罪了他老太太不依的寶玉聽了這會子糊塗的更利害了本來原有昏憒的病加以今夜神出鬼沒更叫他不得主意便也不顧別的口口聲聲只要找林妹妹去賈母等上前安慰無奈他只是不懂又有寶釵在內又不好明說知寶玉舊病復發也不講明只得滿屋裡點起安息香來定住他的神魂扶他睡下衆人鴉雀無聞停了片時寶玉便昏沉睡去賈母等纔得略略放心只好坐以待旦叫鳳姐去請寶釵安歇寶釵置若罔聞也便和衣在內暫歇賈政在外未知內裡原由只就方纔眼見的光景想來心下倒

放心了恰是明日就是起程的吉日略歇了一歇衆人賀喜送行賈母見寶玉睡着也回房去暫歇次早賈政辭了宗祠過來拜別賈母禀稱不孝遠離惟願老太太順時頤養兒子一到任所即修禀請安不必掛念寶玉的事已經依了老太太完結只求老太太訓誨賈母恐賈政在路不放心並不將寶玉復病的話說起只說我有一句話寶玉昨夜完姻並不是同房今日你起身必該叫他遠送纔是但他因病沖喜如今纔好些又是昨日一天勞乏出來恐怕着了風故此問你你叫他送呢即刻去叫他你若疼他就叫人帶了他來你見見叫他給你磕個頭就算了賈政道叫他送什麽只要他從此已後認真念書比送我

還喜歡呢賈母聽了又放了一條心便叫賈政坐着叫鴛鴦去如此如此帶了寶玉叫襲人跟着來鴛鴦去了不多一會果然寶玉來了仍是叫他行禮他便行禮只可喜此時寶玉見了父親神志畧歛些片時清楚也沒什麼大差賈政吩咐了幾句寶玉答應了賈政叫人扶他回去了自已回到王夫人房中又切寔的叫王夫人管教兒子斷不可如前驕縱明年鄉試務必叫他下塲王夫人一一的聽了也沒提起别的即忙命人攙扶着寶釵過來行了新婦送行之禮也不出房其餘內眷俱送至二門而回賈珍等也受了一番訓飭大家舉酒送行一班子弟及晚輩親友直送至十里長亭而别不言賈政起程赴任且說寶

玉回來舊病陡發更加昏憒連飲食也不能進了未知性命如何且看下回分解

紅樓夢第九十七回終

紅樓夢第九十八回

苦絳珠魂歸離恨天　病神瑛淚灑相思地

話說寶玉見了賈政回至房中更覺頭昏腦悶懶待動彈連飯也沒吃便昏沉睡去仍舊延醫胗治服藥不效索性連人也認不明白了大家扶着他坐起來還是像個好人一連鬧了幾天那日恰是回九之期說是若不過去薛姨媽臉上過不去若說去呢寶玉這般光景明知是爲黛玉而起欲要告訴明白又恐氣急生變寶釵是新媳婦又難勸慰必得姨媽過來纔好若不回九姨媽嗔怪便與王夫人鳳姐商議道我看寶玉竟是魂不守舍起動是不怕的用兩乘小轎叫人扶着從園裡過去應了

回九的吉期已後請姨媽過來安慰寶釵偕們一心一計的調治寶玉可不兩全王夫人答應了即刻預備幸虧寶釵是新媳婦寶玉是個瘋傻的由人掇弄過去了寶釵也明知其事心裡只怨母親辦得糊塗事已至此不肯多言獨有薛姨媽看見寶玉這般光景心裡懊悔只得草草完事回家寶玉越加沉重次日連起坐都不能了日重一日甚至湯水不進薛姨媽等忙了手脚各處遍請名醫皆不識病源只有城外破寺中住着個窮醫姓畢別號知菴的胗得病源是悲喜激射冷煖失調飲食失時憂忿滯中正氣壅閉此內傷外感之症于是度量用藥至晚服了二更後果然省些人事便要喝水賈母王夫人等纔放了

心請了薛姨媽帶了寶釵都到賈母那裡暫且歇息寶玉片時清楚自料難保見諸人散後房中只有襲人因喚襲人到跟前拉着手哭道我問你寶姐姐怎麽來的我記得老爺給我娶了林妹妹過來怎麽叫寶姐姐赶出去了他爲什麽霸佔住在這裡我要說呢又恐怕得罪了他你們聽見林妹妹哭的怎麽様了襲人不敢明說只得說道林姑娘病著呢寶玉又道我瞧瞧他去說着要起來那知連日飲食不進身子豈能動轉便哭道我要死了我有一句心裡的話只求你回明老太太橫豎林妹妹也是要死的我如今也不能保兩處兩個病人都要死的死了越發難張羅不如騰一處空房子趁早把我和林妹妹兩個

抬在那裡活着也好一處醫治伏侍死了也好一處停放你依我這話不枉了幾年的情分襲人聽了這些話又急又笑又痛寶釵恰好同着鶯兒過來也聽見了便說道你放着病不保養何苦說這些不吉利的話呢老太太纔安慰了些你又生出事來老太太一生疼你一個如今八十多歲的人了雖不圖你的誥封將來你成了人老太太也看着樂一天也不枉了老人家的苦心太太更是不必說了一生的心血精神撫養了你這一個兒子若是半途死了太太將來怎麽樣呢我雖是薄命也不至於此據此三件看來你就要死那天也不容你死的所以你是不能死的只管安穩着養個四五天後風邪散了太和正氣

因禁陰司除父母之外圖一見黛玉終不能矣那人說畢袖中取出一石向寶玉心口擲來寶玉聽了這話又被這石子打着心窩嚇的卽欲回家只恨迷了道路正在躊躕忽聽那邊有人喚他回首看時不是別人正是賈母王夫人寶釵襲人等圍繞哭泣叫着自己仍舊躺在床上見案上紅燈窗前皓月依然錦綉叢中繁華世界定神一想原來竟是一場大夢渾身冷汗覺得心內淸爽仔細一想眞正無可奈何不過長嘆數聲起初寶釵早知黛玉已死因賈母等不許衆人告訴寶玉知道恐添病難治自己却深知寶玉之病實因黛玉而起失玉次之故趁勢說明使其一痛决絕神魂一歸庶可療治賈母王夫人等不知

寶釵的用意深怪他造次後來見寶玉醒了過來方纔放心立刻到外書房請了畢大夫進來診視那大夫進來診了脉便道奇怪這回脉氣沉靜神安鬱散明日進調理的藥就可以望好了說着出去衆人各自安心散去襲人起初深怨寶釵不該告訴惟是口中不好說出鶯兒背地也說寶釵道姑娘忒性急了寶釵道你知道什麼好歹橫竪有我呢那寶釵任人誹謗並不介意只窺察寶玉心病暗下針砭一日寶玉漸覺神志安定雖一時想起黛玉尚有糊塗更有襲人緩緩的將老爺選定的寶姑娘爲人和厚嫌林姑娘秉性古怪原恐早夭老太太恐你不知好歹病中着急所以叫雪雁過來哄你的話時常勸解寶玉

終是心酸落淚欲待尋死又想着夢中之言又恐老太太生氣又不得撩開又想黛玉已死寶釵又是第一等人物方信金石姻緣有定自己也解了好些寶釵看來不妨大事于是自己心也安了只在賈母王夫人等前盡行過家庭之禮後便設法以釋寶玉之憂寶玉雖不能時常坐起亦常見寶釵坐在床前禁不住生來舊病寶釵每以正言解勸以養身要緊你我既爲夫婦豈在一時之語安慰他那寶玉心裡雖不順遂無奈日裡賈母王夫人及薛姨媽等輪流相伴夜間寶釵獨去安寢賈母又派人服侍只得安心靜養又見寶釵舉動溫柔就也漸漸的將愛慕黛玉的心腸略移在寶釵身上此是後話却說寶玉成家的那一日黛玉白日已經昏暈過去却心頭口中一絲微氣不斷把個李紈和紫鵑哭的死去活來到了晚間黛玉却又緩過來了微微睁開眼似有要水要湯的光景此時雪雁已去只有紫鵑和李紈在傍紫鵑便端了一盞桂圓湯和的梨汁用小銀匙灌了兩三匙黛玉閉著眼靜養了一會子覺得心裡似明似暗的此時李紈見黛玉略緩明知是迴光返照的光景却料着還有一半天耐頭自己回到稻香村料理了一回事情這裡黛玉睁開眼一看只有紫鵑和奶媽並幾個小丫頭在那裡便一手攥了紫鵑的手使着勁說道我是不中用的人了你伏侍我幾年我原指望偺們兩個總在一處不想我說着又喘了

一會子閉了眼歇著紫鵑見他攥着不肯鬆手自已也不敢挪動看他的光景比早半天好些只當還可以囘轉聽了這話又寒了半截半天黛玉又說道妹妹我這裡並沒親人我的身子是干淨的你好歹叫他們送我囘去說到這裡又閉了眼不言語了那手脚漸漸緊了喘成一處只是出氣大入氣小已經促疾的很了紫鵑忙了連忙叫人請李紈可巧探春來了紫鵑見了忙悄悄的說道三姑娘瞧瞧林姑娘罷說着淚如雨下探春過來摸了摸黛玉的手已經涼了連目光也都散了探春紫鵑正哭着叫人端水來給黛玉擦洗李紈赶忙進來了三個人纔見了不及說話剛擦着猛聽黛玉直聲叫道寶玉寶玉你好說

到好字便渾身冷汗不作聲了紫鵑等急忙扶住那汗愈出身子便漸漸的冷了探春李紈叫人亂着攏頭穿衣只見黛玉兩眼一翻嗚呼

香魂一縷隨風散　愁緒三更入夢遥

當時黛玉氣絶正是寶玉娶寶釵的這個時辰紫鵑等都大哭起來李紈探春想他素日的可疼今日更加可憐便也傷心痛哭因瀟湘館離新房子甚遠所以那邊並沒聽見一時大家痛哭了一陣只聽得遠遠一陣音樂之聲側耳一聽却又没有了探春李紈走出院外再聽時惟有竹梢風動月影移墻好不凄凉冷淡一時叫了林之孝家的過來將黛玉停放畢派人看守

等明早去回鳳姐鳳姐因見賈母王夫人等忙亂賈政起身又爲寶玉惜慣更甚正在着急異常之時若是又將黛玉的兇信回了恐賈母王夫人愁苦交加急出病來只得親自到園到裡瀟湘館內也不免哭了一場見了李紈探春知道諸事齊備就說狠好只是剛纔你們爲什麼不言語叫我着急探春道剛纔送老爺怎麼說呢鳳姐道這倒是你們兩個可憐他些這麼着我還得那邊去招呼那個冤家呢但是這件事好累墜若是今日不回使不得若回了恐怕老太太擱不住李紈道你去見機行事得回再回方好鳳姐點頭忙忙的去了鳳姐到了寶玉那裡聽見大夫說不妨事賈母王夫人畧覺放心鳳姐便背了寶

玉緩緩的將黛玉的事回明了賈母王夫人聽得都唬了一大跳賈母眼淚交流說道是我弄壞了他了但只是這個丫頭也忒傻氣說着便要到園裡去哭他一場又惦記着寶玉兩頭難顧王夫人等含悲共勸賈母不必過去老太太身子要緊賈母無奈只得叫王夫人自去又說你替我告訴他的陰靈並不是我忍心不來送你只爲有個親疏你是我的外孫女兒是親的了若與寶玉比起來可是寶玉比你更親些倘寶玉有些不好我怎麼見他父親呢說着又哭起來王夫人勸道林姑娘是老太太最疼的但只壽夭有定如今已經死了無可盡心只是葬禮上要上等的發送一則可以少盡偺們的心二則就是姑太

太和外甥女兒的陰靈兒也可以少安了賈母聽到這裡越發痛哭起來鳳姐恐怕老人家傷感太過明仗著寶玉心中不甚明白便偷偷的使人來撤個謊兒哄老太太道寶玉那裡找老太太呢賈母聽見纔止住淚問道不是又有什麼緣故鳳姐陪笑道沒什麼緣故他大約是想老太太的意思賈母連忙扶了珍珠兒鳳姐也跟着過來走至半路正遇王夫人過來一一回明了賈母賈母自然又是哀痛的只因要到寶玉那邊只得忍淚含悲的說道既這麼著我也不過去了由你們辦罷我看著心裡也難受只別委屈了他就是了王夫人鳳姐一一答應了賈母纔過寶玉這邊來見了寶玉因問你做什麼找我寶玉笑道我昨日晚上看見林妹妹來了他說要回南去我想沒人留

的住還得老太太給我留一留他賈母聽着說使得只管放心罷襲人因扶寶玉躺下賈母出來到寶釵這邊來那時寶釵尚未回九所以每每見了人到有些含羞之意這一天見賈母滿面淚痕遞了茶賈母叫他坐下寶釵側身陪著坐了纔問道聽得林妹妹病了不知他可好些了賈母聽了這話那眼淚止不住流下來因說道我的兒我告訴你你可別告訴寶玉都是因你林妹妹纔叫你受了多少委屈你如今作媳婦了我纔告訴你這如今你林妹妹沒了兩三天了就是娶你的那個時辰死的如今寶玉這一番病還是為着這個你們先都在園子裡自

然也都是明白的寶釵把臉飛紅了想到黛玉之死又不免落下淚來賈母又說了一回話去了自此寶釵千回萬轉想了一個主意秪不肯造次所以過了回九纔想出這個法子來如今果然好些然後大家說話纔不至似前留神獨是寶玉雖然病勢一天好似一天他的癡心總不能解必要親去哭他一塲賈母等知他病未除根不許他胡思亂想怎奈他鬱悶難堪病多反覆倒是大夫看出心病索性叫他開散了再用藥調理倒可好得快些寶玉聽說立刻要往瀟湘館來賈母等只得叫人抬了竹椅子過來扶寶玉坐上賈母王夫人即便先行到了瀟湘館內一見黛玉靈柩賈母已哭得淚乾氣絕鳳姐等再三勸住

王夫人也哭了一塲李紈便請賈母王夫人在裡間歇着猶自落淚寶玉一到想起未病之先來到這裡今日屋在人亡不禁嚎啕大哭想起從前何等親密今日死別怎不更加傷感衆人原恐寶玉病後過哀都來解勸寶玉已經哭得死去活來大家攙扶歇息其餘隨來的如寶釵俱極痛哭獨是寶玉必要叫紫鵑來見問明姑娘臨死有何話說紫鵑本來深恨寶玉見如此心裡已回過來些又有賈母王夫人都在這裡不敢灑落寶玉便將林姑娘怎麽復病怎麽燒毀帕子焚化詩稿並將臨死說的話一一的都告訴了寶玉又哭得氣噎喉乾探春趁便又將黛玉臨終囑咐帶柩回南的話也說了一遍賈母王夫人又哭

盃喜酒也不枉我老人家操了好些心薛姨媽聽着自然也是喜歡的便將要辦粧奩的話也說了一番賈母道偺們親上做親想我也不必這麼若說動用的他屋裡已經滿了必定寶丫頭他心愛的要你幾件姨太太就拿了來我看寶丫頭也不是多心的人比不的我那外孫女兒的脾氣所以他不得長壽說着連薛姨媽也便落淚恰好鳳姐進來笑道老太太姑媽又想著什麼了薛姨媽道我和老太太說起你林妹妹來所以傷心鳳姐笑道老太太和姑媽且別傷心我剛纔聽了個笑話兒來了意思說給老太太和姑媽聽賈母拭了拭眼淚微笑道你又不知要編派誰呢你說來我和姨太太聽聽說不笑我們可不

依只見那鳳姐未從張口先用兩隻手比著笑彎了腰了未知他說出些什麼來下回分解

紅樓夢第九十八回終

道這是怎麼說我饒說笑話兒給姑媽解悶兒姑媽反到拿我打起卦來了賈母也笑道要這麼着纔好夫妻固然要和氣也得有個分寸兒我愛寶丫頭就在這尊重上頭只是我愁寶玉還是那麼傻頭傻腦的這麼說起來比頭裡竟明白多了你再說說還有什麼笑話兒沒有鳳姐道明兒寶玉圓了房兒親家太太抱了外孫子那時候兒不更是笑話兒了麼賈母笑道猴兒我在這裡和姨太太想你林妹妹你來慪個笑兒還罷了怎麼臊起皮來了你不叫我們想你林妹妹你不用太高興了你林妹妹恨你將來你別獨自一個兒到園裡去隄防他拉着你不依鳳姐笑道他倒不怨我他臨死咬牙切齒倒恨寶玉呢賈

母薛姨媽聽着還道是頑話兒也不理會便道你別胡扯拉了你去叫外頭挑個狠好的日子給你寶兄弟圓了房兒罷鳳姐答應着又說了一回話兒便出去叫人擇了吉日重新擺酒唱戲請人不在話下却說寶玉雖然病好寶釵有時高興翻書觀看談論起來寶玉所有常見的尚可記憶若論靈機兒大不似先連他自已也不解寶釵明知是通靈失去所以如此倒是襲人時常說他你為什麼把從前的靈機兒都沒有了倒是忘了舊毛病也好怎麼脾氣還照舊獨道理上更糊塗了呢寶玉聽了並不生氣反是嘻嘻的笑有時寶玉順性胡鬧虧寶釵勸着略覺收斂些襲人倒可少費些唇舌惟知悉心伏侍別的丫頭

素仰寶釵貞靜和平各人心服無不安靜只有寶玉到底是愛動不愛靜的時常要到園裡去逛賈母等一則怕他招受寒暑二則恐他睹景傷情雖黛玉之柩已寄放城外菴中然而瀟湘館依然人亡屋在不免勾起舊病來所以也不使他去况且親戚姊妹們爲寶琴已回到薛姨媽那邊去了史湘雲因史侯回京也接了家去了又有了出嫁的日子所以不大常來只有寶玉娶親那一日與吃喜酒這天來過兩次也只在賈母那邊住下爲着寶玉已經娶過親的人又想自已就要出嫁的也不肯如從前的詼諧談笑就是有時過來也只和寶釵說話見了寶玉不過問好而已那邢岫烟却是因迎春出嫁之後便隨着邢

夫人過去李家姊妹也另住在外即同着李嬸娘過來亦不過到太太們和姐妹們處請安問好即回到李紈那裡略住一兩天就去了所以園內的只有李紈探春惜春了賈母還要將李紈等挪進來爲着元妃薨後家中事情接二連三也無暇及此現今天氣一天熱似一天園裡尚可住得等到秋天再挪此是後話暫且不提且說賈政帶了幾個在京請的幕友曉行夜宿一日到了本省見過上司即到任拜印受事便查盤各屬州縣米糧倉庫賈政向來作京官只曉得郎中事務都是一景兒的事情就是外任原是學差也無關于吏治上所以外省州縣折收糧米勒索鄉愚這些弊端雖也聽見別人講究却未嘗身親

症了李十兒道別等我出了頭得了銀錢又說我得了大分兒
了窩兒裡反起來大家沒意思衆人道你萬安沒有的事就沒
有多少也强似我們腰裡掏錢正說著只見糧房書辦走來找
周二爺李十兒坐在椅子上蹺着一隻腿挺着腰說道找他做
什麼書辦便垂手陪着笑說道本官到了一個多月的任這些
州縣太爺見得本官的告示利害知道不好說話到了這時候
都沒有開倉若是過了漕你們太爺們來做什麼的李十兒道
你別混說老爺是有根蒂的說到那裡要是辦到那裡這兩天
原要行文催兌因我說了緩幾天纔歇的你到底找我們周二
爺做什麼書辦道原爲打聽催文的事沒有別的李十兒道越

發胡說方纔我說催文你就信嘴胡謅可別鬼鬼祟祟來講什
麼賬我叫本官打了你退你書辦道我在這衙門內已經三代
了外頭也有些體面家裡還過得就規規矩矩伺候本官陞了
還能彀不像那些等米下鍋的說著回了一聲二太爺我走了
李十兒便站起堆着笑說這麼不禁頑幾句話就臉急了書辦
道不是我臉急若再說什麼豈不帶累了二太爺的清名呢李
十兒過來拉着書辦的手說你貴姓啊書辦道不敢我姓詹單
名是個會字從小兒也在京裡混了幾年李十兒道詹先生我
是久聞你的名的我們弟兄們是一樣的有什麼話晚上到這
裡偺們說一說書辦也說誰不知道李十太爺是能事的把我

一詐就嚇毛了大家笑着走開那晚便與書辦咕唧了半夜第二天拿話去探賈政被賈政痛罵了一頓隔一天拜客裡頭吩咐伺候外頭答應了停了一會子打點已經三下了大堂上沒有人接鼓好容易叫個人來打了鼓賈政踱出煖閣站班喝道的衙役只有一個賈政也不查問在墀下上了轎等轎夫又等了好一回來齊了抬出衙門那個爆只響得一聲吹鼓亭的鼓手只有一個打鼓一個吹號筒賈政便也生氣說往常還好怎麼今兒不齊集至此擡頭看那執事卻是攙前落後勉強拜客回來便傳誤班的要打有的說因沒有帽子誤的有的說是號衣當了誤的又有說是三天沒吃飯抬不動的賈政生氣打了

一兩個也就罷了隔一天管廚房的上來要錢賈政帶來銀兩付了已後便覺樣樣不如意比在京的時候倒不便了好些無奈便喚李十兒問道跟我來這些人怎樣都變了你也管管兒在帶來銀兩早使沒有了藩庫俸銀尚早該打發京裡取去李十兒稟道奴才那一天不說他們不知道怎麼樣這些人都是沒精打彩的叫奴才也沒法兒老爺說家裡取銀子取多少現在打聽節度衙門這幾天有生日別的府道老爺都上千上萬的送了我們到底送多少呢賈政道為什麼不早說李十兒說老爺最聖明的我們新來乍到又不與別位老爺很來往誰肯送信巴不得老爺不去好想老爺的美缺呢賈政道胡說我這

官是皇上放的不給節度做生日便叫我不做不成李十兒笑着回道老爺說的也不錯京裡離這裡很遠凡百的事都是節度奏聞他說好便好說不好便吃不住到得明白已經遲了就是老太太太太們那個不願意老爺在外頭烈烈轟轟的做官呢賈政聽了這話也自然心裡明白道我正要問你爲什麼不說起來李十兒回說奴才本不敢說老爺既問到這裡若不說是奴才沒良心若說了少不得老爺又生氣賈政道只要說得在理李十兒說道那些書吏衙役都是花了錢買著糧道的衙門那個不想發財俱要養家活口自從老爺到任並沒見爲國家出力倒先有了口碑載道賈政道民間有什麼話李十兒道

百姓說凡有新到任的老爺告示出的越利害越是想錢的法兒州縣害怕了好多多的送銀子收糧的時候衙門裡便說新道爺的法令明是不敢要錢這一留難叨蹬那些鄉民心裡愿意花幾個錢早早了事所以那些人不說老爺好反說不諳民情便是本家大人是老爺最相好的他不多几年已巴到極頂的分兒也只爲識時達務能彀上和下睦罷了賈政聽到這話道胡說我就不識時務嗎若是上和下睦叫我與他們猫鼠同眠嗎李十兒回說道奴才爲着這點心兒不敢掩住纔這麼說若是老爺就是這樣做去到了功不成名不就的時候老爺說奴才沒良心有什麼話不告訴老爺賈政道依你怎麼做纔好

李十兒道也沒有別的趂着老爺的精神年紀裡頭的照應老太太的硬朗爲顧着自巳就是了不然到不了一年老爺家裡的錢也都貼補完了還落了自上至下的人抱怨都說老爺是做外任的自然弄了錢藏着受用倘遇著一兩件爲難的事誰肯幫着老爺那時辦也辦不淸悔也悔不及賈政道據你一說是叫我做貪官嗎送了命還不要緊必定將祖父的功勳抹了纔是李十兒回禀道老爺極聖明的人沒看見舊年犯事的幾位老爺嗎這幾位都與老爺相好老爺常說是個做淸官的如今名在那裡現有幾位親戚老爺向來說他們不好的如今陞的陞遷的遷只在要做的好就是了老爺要知道民也要顧官也要顧若是依著老爺不准州縣得一個大錢外頭這些差使誰辦只要老爺外面還是這樣淸名聲原好裡頭的委屈只要奴才辦去關礙不著老爺的奴才跟主兒一場到底也要掏出良心來賈政被李十兒一番言語說得心無主見道我是要保性命的你們鬧出來不與我相干說着便踱了進去李十兒便自巳做起威福鉤連內外一氣的哄着賈政辦事反覺得事事周到件件隨心所以賈政不但不疑反都相信便有幾處揭報上司見賈政古朴忠厚也不查察惟是幕友們耳目最長見得如此得便用言規諫無奈賈政不信也有辭去的也有與賈政相好在內維持的於是漕務事畢尚無隕越一日賈政無事在

書房中看書簽押上呈進一封書子外面官封上開着鎮守海門等處總制公文一角飛遞江西糧道衙門賈政拆封看時只見上寫道

金陵契好桑梓情深昨歲供職來都竊喜常依座右仰蒙雅愛許結朱陳至今佩德勿諼祗因調任海疆未敢造次奉求要懷歉仄自歎無緣今幸棨戟遙臨快慰平生之願正申燕賀先蒙翰教邊帳光生武夫額手雖隔重洋尚切樾蔭想蒙不棄卑寒希望蔦蘿之附小兒已承青盼淑媛素仰芳儀如蒙踐諾即遣冰人途路雖遙一水可通不敢云百輛之迎敬備仙舟以俟茲修寸幅恭賀陞祺并求金允臨穎不勝待命之至

世弟周瓊頓首

賈政看了心想兒女姻緣果然有一定的舊年因見他就了京職又是同鄉的人素來相好又見那孩子長得好在席間原提起這件事因未說定也沒有與他們說起後來他調了海疆大家也不說了不料我今陞任至此他寫書來問我看起門戶却也相當與探春到也相配但是我並未帶家眷只可寫字與他商議正在躊躇只見門上傳進一角文書是議取到省會議事件賈政只得收拾上省候節度派委一日在公館閒坐見桌上堆着許多邸報賈政一一看去見刑部一本爲報明事會看得金陵籍行商薛蟠賈政便吃驚道了不得已經提本了隨用心

看下去是薛蟠毆傷張三身死串囑屍証揑供誤殺一案賈政一拍棹道完了只得又看底下是據京營節度使咨稱緣薛蟠籍隸金陵行過太平縣在李家店歇宿與店內當槽之張三素不相認於某年月日薛蟠令店主備酒邀請太平縣民吳良同飲令當槽張三取酒因酒不甘薛蟠令換好酒張三因稱酒已沽定難換薛蟠因伊撅強將酒照臉潑去不期去勢甚猛恰值張三低頭拾箸一時失手將酒碗擲在張三顖門皮破血出逾時殞命李店主趨救不及隨向張三之母告知伊母張王氏往看見已身死隨喊禀地保赴縣呈報前署縣詣驗仵作將骨破一寸三分及腰眼一傷漏報填格詳府審轉看得薛蟠實係潑

酒失手擲碗誤傷張三身死將薛蟠照過失殺人准鬬殺罪收贖等因前來臣等細閱各犯証屍親前後供詞不符且查鬬殺律註云相爭爲鬬相打爲毆必實無爭鬬情形邂逅身死方可以過失殺定擬應令該節度審明實情妥擬具題今據該節度疏稱薛蟠因張三不肯換酒醉後拉着張三右手先毆腰眼一拳張三被毆回罵薛蟠將碗擲出致傷顖門深重骨碎腦破立時殞命是張三之死實由薛蟠以酒碗砸傷深重致死自應以薛蟠擬抵將薛蟠依鬬殺律擬絞監候吳良擬以杖徒承審不寔之府州縣應請以下註著此稿未完賈政因薛姨媽之托曾托過知縣若請旨革審起來牽連着自己好不放心卽將下一

本開看偏又不是只好翻來覆去將報看完終沒有接這一本的心中狐疑不定更加害怕起來正在納悶只見李十兒進來請老爺到官廳伺候去大人衙門已經打了二皷了賈政只是發怔沒有聽見李十兒又請一遍賈政道這便怎麼處李十兒道老爺有什麼心事賈政將看報之事說了一遍李十兒道老爺放心若是部裡這麼辦了還筭便宜薛大爺呢奴才在京的時候聽見薛大爺在店裡叫了好些媳婦兒都喝醉了生事直把個當槽兒的活活兒打死了奴才聽見不但是托了知縣還求璉二爺去花了好些錢各衙門打通了纔提的不知道怎麼部裡沒有弄明白如今就是鬧破了也是官官相護的不過認

做承審不實革職處分罷咧那裡還肯認得銀子聽情的話呢老爺不用想等奴才再打聽罷倒別誤了上司的事賈政道你們那裡知道只可惜那知縣聽了一個情把這個官都丟了還不知道有罪沒有罪李十兒道如今想他也無益外頭伺候着好半天了請老爺就去罷賈政不知節度傳辦何事且聽下回分解

紅樓夢第九十九回終

紅樓夢第一百回

破好事香菱結深恨　悲遠嫁寶玉感離情

話說賈政去見節度進去了半日不見出來外頭議論不一李
十兒在外也打聽不出什麼事來便想到報上的饑荒實在也
着急好容易聽見賈政出來了便迎上來跟着等不得回去在
無人處便問老爺進去這半天有什麼要緊的事賈政笑道並
沒有事只為鎮海總制是這位大人的親戚有書來囑托照應
我所以說了些好話又說我們如今也是親戚了李十兒聽得
心內喜歡不免又壯了些胆子便竭力慫恿賈政許這親事賈
政心想薛蟠的事到底有什麼罣碍在外頭信息不通難以打

聽故回到本任來便打發家人進京打聽順便將總制求親之
事回明賈母如若願意即將三姑娘接到任所家人奉命趕到
京中回明了王夫人便在吏部打聽得賈政並無處分惟將署
太平縣的這位老爺革職即寫了稟帖安慰了賈政然後住着
等信且說薛姨媽為著薛蟠這件人命官司各衙門內不知花
了多少銀錢纔定了誤殺具題原打量將當舖折變給人備銀
贖罪不想刑部駁審又托人花了好些錢總不中用依舊定了
個死罪監着守候秋天大審薛姨媽又氣又疼日夜啼哭寶釵
雖時常過來勸解說是哥哥本來沒造化承受了祖父這些家
業就該安安頓頓的守着過日子在南邊已經鬧的不像樣便

是香菱那件事情就了不得因為仗著親戚們的勢力花了些銀錢這算白打死了一個公子哥哥就該改過做起正經人來也該奉養母親纔是不想進了京仍是這樣媽媽為他不知受了多少氣哭掉了多少眼淚給他娶了親原想大家安安逸逸的過日子不想命該如此偏偏娶的嫂子又是一個不安靜的所以哥哥躲出門去真正俗語說的冤家路兒狹不多几天就鬧出人命來了媽媽和二哥哥也算不得不盡心的了花了銀錢不算自已還求三拜四的謀幹無奈命裡應該也算自作自受大凡養兒女是為着老來有靠便是小戶人家還要挣一碗飯養活母親那裡有將現成的鬧光了反害的老人家哭的死

去活來的不是我說哥哥的這樣行為不是兒子竟是個冤家對頭媽媽再不明白明哭到夜夜哭到明又受嫂子的氣我呢又不能常在這裡勸解我看見媽媽這樣那裡放得下心他雖說是儍也不肯叫我回去前兒老爺打發人回來說看見京報唬的了不得所以纔叫人來打點的我想哥哥鬧了事擔心的人也不少幸虧我還是在跟前的一樣若是離鄉調遠聽見了這個信只怕我想媽媽也就想殺了我求媽媽暫且養養神趁哥哥的活口現在問問各處的賬目人家該咱們的咱們該人家的亦該請個舊夥計來算一算看看還有几個錢沒有薛姨媽哭着說道這几天為鬧你哥哥的事你來了不是你勸我就

是我告訴你衙門的事你還不知道京裡官商的名字已經退
了兩個當鋪已經給了人家銀子早拿來使完了還有一個當
鋪管事的逃了虧空了好几千兩銀子也夾在裡頭打官司你
二哥哥天天在外頭要賬料着京裡的賬已經去了几萬銀子
只好拿南邊公分裡銀子和住房折變纔殼前兩天還聽見一
個荒信說是南邊的公分當鋪也因爲折了本兒收了要是這
麼着你娘的命可就活不成了說着又大哭起來寶釵也哭着
勸道銀錢的事媽媽操心也不中用還有二哥哥給我們料理
單可恨這些夥計們見偺們的勢頭兒敗了各自奔各自的去
也罷了我還聽見說帮着人家來擠我們的訛頭可見我哥哥

活了這麼大交的人總不過是些個酒肉弟兄急難中是一個
沒有的媽媽要是疼我聽我的話有年紀的人自己保重些媽
媽這一輩子想來還不至挨凍受餓家裡這點子衣裳傢伙只
好任憑嫂子去那是沒法兒的了所有的家人老婆們瞧他們
也沒心在這裡了該去的叫他們去只可憐香菱苦了一輩子
只好跟著媽媽實在短什麼我要是有的還可以拿些個來料
我們那個也沒有不依的就是襲姑娘也是心術正道的他聽
見偺們家的事他倒提起媽媽來就哭我們那一個還打諒沒
事的所以不太着急要聽見了也是要唬個半死兒的薛姨媽
不等說完便說好姑娘你可別告訴他他爲一個林姑娘几乎

沒要了命如今纔好了些要是他急出個原故來不但你添一層煩惱我越發沒了依靠了寶釵道我也是這麼想所以總沒告訴他正說着只聽見金桂跑來外間屋裡哭喊道我的命是不要的了男人呢已經是沒有活的分兒了偺們如今索性鬧一鬧大夥兒到法場上去拚一拚說着便將頭往隔斷板上亂撞撞的披頭散髮氣的薛姨媽白瞪着兩隻眼一句話也說不出來還虧了寶釵嫂子長嫂子短好一句歹一句的勸他金桂道姑奶奶如今你是比不得頭裡的了你兩口兒好好的過日子我是個單身人兒要臉做什麼說着就要跑到街上回娘家去虧了人還多拉住了又勸了半天方住把個寶琴唬的再不

敢見他若是薛蝌在家他便抹粉施脂描眉畫鬢奇情異致的打扮收拾起來不時打從薛蝌住房前過或故意咳嗽一聲明知薛蝌在屋裡特問房裡是誰有時遇見薛蝌他便妖妖調調嬌嬌痴痴的問寒問煖忽喜忽嗔丫頭們看見都連忙躲開他自己也不覺得只是一心一意要弄的薛蝌感情時好行寶蟾之計那薛蝌却只躲着有時遇見也不敢不周旋他倒是怕他撒潑放刁的意思更加金桂一則為色迷心越瞧越愛越想越幻那裡還看的出薛蝌的真假來只有一宗他見薛蝌有什麼東西都是托香菱收着衣服縫洗也是香菱兩個人偶然說話他來了急忙散開一發動了一個醋字欲待發作薛蝌却是捨

不得只得將一腔隱恨都擱在香菱身上却又恐怕鬧了香菱得罪了薛蝌倒弄的隱忍不發一日寶蟾走來笑嘻嘻的向金桂道奶奶看見了二爺沒有金桂道沒有寶蟾笑道我說二爺的那種假正經是信不得的咱們前兒送了酒去他說不會喝剛纔我見他到太太那屋裡去臉上紅撲撲兒的一臉酒氣奶奶不信回來只在咱們院子門口兒等他他打那邊過來奶奶叫住他問問看他說什麼金桂聽了一心的惱意便道他那裡就出來了呢他既無情義問他作什麼寶蟾道奶奶又迂了他好說咱們也好說他不好說咱們再另打主意金桂聽着有理因叫寶蟾瞧着他看他出去了寶蟾答應著出來金桂却去打

開鏡奩又照了一照把嘴唇兒又抹了一抹然後拿一條灑花絹子纔要出來又像忘了什麼的心裡倒不知怎麼是好了只聽寶蟾外面說道二爺今日高興啊那裡喝了酒來了金桂聽了明知是叫他出來的意思連忙掀起簾子出來只見薛蝌和寶蟾說道今日是張大爺的好日子所以被他們強不過吃了半鍾到這時候臉還發燒呢一句話沒說完金桂早接口道自然人家外人的酒比咱們自己家裡的酒是有趣兒的薛蝌被他拿話一激臉越紅了連忙走過來陪笑道嫂子說那裡的話寶蟾見他二人交談便躲到屋裡去了這金桂初時原要假意發作薛蝌兩句無奈一見他兩頰微紅雙眸帶澁別有一種謹

願可憐之意早把自已那驕悍之氣感化到瓜窪國去了因笑說道這麼說你的酒是硬強着纔肯喝的呢薛蝌道我那裡喝得来金桂道不喝也好强如像你哥哥喝出亂子来明兒娶了你們奶奶兒像我這樣守活寡受孤单呢說到這裡兩個眼已經乜斜了兩腮上也覺紅暈了薛蝌見這話越發邪僻了打算着要走金桂也看出來了那裡容得早已走過來一把拉住薛蝌急了道嫂子放尊重些說著渾身亂顫金桂索性老着臉道你只管進來我和你說一句要緊的話正鬧着忽聽背後一個人叫道奶奶香菱來了把金桂唬了一跳回頭瞧時却是寶蟾掀着簾子看他二人的光景一抬頭見香菱從那邊來了赶忙

知會金桂金桂這一驚不小手已鬆了薛蝌得便脫身跑了那香菱正走着原不理會忽聽寶蟾一嚷纔瞧見金桂在那裡拉住薛蝌往裡死拽香菱却唬的心頭亂跳自已連忙轉身回去這裡金桂早已連嚇帶氣獃獃的瞅着薛蝌去了怔了半天恨了一聲自已掃興歸房從此把香菱恨入骨髓那香菱本是要到寶琴那裡剛走出腰門看見這般嚇回去了是日寶釵在賈母屋裡聽得王夫人告訴老太太要聘探春一事賈母說道既是同鄉的人很好只是聽見說那孩子到過我們家裡怎麼你老爺没有提起王夫人道連我們也不知道賈母道好是好但只道兒太遠雖然老爺在那裡倘或將來老爺調任可不是我

們孩子太单了嗎王夫人道兩家都是做官的也是拿不定或者那邊還調進來即不然終有個葉落歸根况且老爺既在那裡做官上司已經說了好意思不給麼想來老爺的主意定了只是不敢做主故遣人來回老太太的賈母道你們願意更好但是三丫頭這一去了不知三年兩年那邊可能回家若再遲了恐怕我趕不上再見他一面了說着掉下淚來王夫人道孩子們大了少不得總要給人家的就是本鄉本土的人除非不做官還使得要是做官的誰保的住總在一處只要孩子們有造化就好譬如迎姑娘倒配的近呢偏時常聽見他和女婿打鬧甚至於不給飯吃就是我們送了東西去他也摸不着近來

聽見益發不好了也不放他回來兩口子拌起來就說偺們使了他家的銀錢可憐這孩子總不得個出頭的日子前兒我惦記他打發人去瞧他迎丫頭藏在耳房裡不肯出來老婆們必要進去看見我們姑娘這樣冷天還穿着几件舊衣裳他一包眼淚的告訴老婆們說回去别說我這麼苦這也是我命裡所招也不用送什麼衣裳東西來不但摸不着反要添一頓打說是我告訴的老太太想想這倒是近處眼見的若不好更難受倒虧了大太太也不理會他大老爺也不出個頭如今迎姑娘實在比我們三等使喚的丫頭還不及我想探丫頭雖不是我養的老爺既看見過女婿定然是好纔許的只請老太太示下

擇個好日子多派几個人送到他老爺任上該怎麽着老爺也不肯將就賈母道有他老子作主你就料理妥當揀個長行的日子送去也就定了一件事王夫人答應著是寶釵聽的明白也不敢則聲只是心裡叫苦我們家的姑娘們就算他是個尖兒如今又要遠嫁眼看着這裡的人一天少似一天了見王夫人起身告辭出去他也送出來了一逕回到自已房中並不與寶玉說知見襲人獨自一個做活便將聽見的話說了襲人也很不受用卻說趙姨娘聽見探春這事反喜歡起來心裡說道我這個丫頭在家忒瞧不起我我何從還是個娘比他的丫頭還不濟況且洑上水護著別人他擋在頭裡連環兒也不得出

頭如今老爺接了去我倒干凈想要他孝敬我不能彀了只願意他像迎丫頭是的我也稱稱願一面想着一面跑到探春那邊與他道喜說姑娘你是要高飛的人了到了姑爺那邊自然比家裡還好想來你也是願意的就是養了你一場並沒有借你的光兒就是我有七分不好也有三分的好也別說一去了把我擱在腦杓子後頭探春聽著毫無道理只低頭作活一句也不言語趙姨娘見他不理氣忿忿的自已去了這裡探春又氣又笑又傷心也不過自已掉淚而已坐了一回悶悶的走到寶玉這邊來寶玉因問道三妹妹我聽見林妹妹死的時候你在那裡來着我還聽見說林妹妹死的時候遠遠的有音樂之

聲或者他是有來歷的也未可知探春笑道那是你心裡想着罷了但只那夜卻怪不像人家鼓樂的聲兒你的話或者也是寶玉聽了更以爲實又想前日自己神魂飄蕩之時曾見一人說是黛玉生不同人死不同鬼必是那裡的仙子臨凡又想起那年唱戲做的嫦娥飄飄艷艷何等風致過了一回探春去了因必要紫鵑過來立刻回了賈母去叫他無奈紫鵑心裡不願意雖經賈母王夫人派了過來自己沒法卻是在寶玉跟前不是噯聲就是歎氣的寶玉背地裡拉著他低聲下氣要問黛玉的話紫鵑從沒好話回答寶釵倒背地裡誇他有忠心並不嗔怪他那雪雁雖是寶玉娶親這夜出過力的寶玉見他心地不

甚明白便回了賈母王夫人將他配了一個小廝各自過活去了王奶媽養着他將來好送黛玉的靈柩回南鸚哥等小丫頭仍舊伏侍老太太寶玉本想念黛玉因此及彼又想跟黛玉的人已經雲散更加納悶悶到無可如何忽又想黛玉死的這樣清楚必是離凡返仙去了反又歡喜忽然聽見襲人和寶釵那裡講究探春出嫁之事寶玉聽了啊呀的一聲哭倒在炕上唬得寶釵襲人都來扶起說怎麼了寶玉早哭的說不出來定了一回子神說道這日子過不得了我姊妹們都一個一個的散了林妹妹是成了仙去了大姐姐呢已經死了這也罷了沒天天在一塊兒二姐姐碰著了一個混賬不堪的東西三妹妹又

要遠嫁摠不得見的了史妹妹又不知要到那裡去薛妹妹是有了人家兒的這些姐姐妹妹難道一個都不留在家裡單留我做什麼襲人忙又拿話解勸寶釵攔着手說你不用勸他等我問他因問着寶玉道攔你的心裡要這些姐妹都在家裡陪到你老了都不爲終身的事嗎要說別人或者還有別的想頭你自己的姐姐妹妹不用說沒有遠嫁的就是有老爺作主你有什麼法兒打量天下就是你一個人愛姐姐妹妹呢要是都像你就連我也不能陪着你了大凡人念書原爲的是明理怎麼你越念越糊塗了呢這麼說起來我和襲姑娘各自一邊兒去讓你把姐姐妹妹們都邀了來守着你寶玉聽了兩隻手拉

住寶釵襲人道我也知道爲什麼散的這麼早呢等我化了灰的時候再散也不遲襲人掩着他的嘴道又胡說了纔這兩天身上好些二奶奶纔吃些飯你要是又鬧翻了我也不管了寶玉聽他兩個人說話都有道理只是心上不知道怎麼着纔好只得說道我那明白但只是心裡鬧得慌寶釵也不理他暗叫襲人快把定心丸給他吃了慢慢的開導他襲人便欲告訴探春說臨行不必來辭寶釵道這怕什麼等消停幾日他心裡明白了還要叫他們多說句話兒呢況且三姑娘是極明白的人不像那些假惺惺的人少不得有一番箴諫他已後就不是這様了正說着賈母那邊打發過鴛鴦來說知道寶玉舊病又發

叫襲人勸說安慰叫他不用胡思亂想襲人等應了鴛鴦坐了一會子去了那賈母又想起探春遠行雖不全備粧奩其一應動用之物俱該預備便把鳳姐叫来將老爺的主意告訴了一遍叫他料理去鳳姐答應不知怎麽辦理下回分解

紅樓夢第一百回終